給我們的泰德

幫我找媽媽 ERNEST THE ELEPHANT

文‧圖｜安東尼‧布朗 ANTHONY BROWNE
譯　者｜羅吉希

社　　長｜馮季眉
編輯總監｜周惠玲
責任編輯｜李晨豪
編　　輯｜戴鈺娟、徐子茹
美術設計｜張簡至真

出　　版｜步步出版　遠足文化事業股份有限公司
發　　行｜遠足文化事業股份有限公司
地　　址｜231 新北市新店區民權路 108-2 號 9 樓
電　　話｜(02)2218-1417
傳　　真｜(02)8667-1065
電子信箱｜service@bookrep.com.tw
網　　址｜www.bookrep.com.tw
郵撥帳號｜19504465 遠足文化事業股份有限公司
客服專線｜0800-221-029

讀書共和國出版集團
社　　長｜郭重興
發行人兼出版總監｜曾大福
印務經理｜黃禮賢
印務主任｜李孟儒
法律顧問｜華洋法律事務所　蘇文生律師
出版日期｜2020 年 12 月　初版一刷
定　　價｜350 元
書　　號｜IBTI1031
I S B N｜978-957-9380-68-3

特別聲明：有關本書中的言論內容，不代表本公司／出版集團之立場與意見，文責由作者自行承擔。

幫我找媽媽

ERNEST
THE ELEPHANT

國際安徒生獎繪本大師

安東尼布朗

譯

羅吉希

小ㄒㄧㄠˇ艾ㄞˋ、媽ㄇㄚ媽ㄇㄚ和ㄏㄜˊ其ㄑㄧˊ他ㄊㄚ大ㄉㄚˋ象ㄒㄧㄤˋ生ㄕㄥ活ㄏㄨㄛˊ在ㄗㄞˋ一ㄧ起ㄑㄧˇ。

每天，他們走路、吃東西、喝水，到了晚上就睡覺。

不ㄅㄨˋ管ㄍㄨㄢˇ是ㄕˋ走ㄗㄡˇ路ㄌㄨˋ、吃ㄔ東ㄉㄨㄥ西ㄒㄧ、喝ㄏㄜ水ㄕㄨㄟˇ或ㄏㄨㄛˋ睡ㄕㄨㄟˋ覺ㄐㄩㄝˊ，小ㄒㄧㄠˇ艾ㄞˋ都ㄉㄡ很ㄏㄣˇ開ㄎㄞ心ㄒㄧㄣ；
但ㄉㄢˋ是ㄕˋ，他ㄊㄚ最ㄗㄨㄟˋ近ㄐㄧㄣˋ想ㄒㄧㄤˇ要ㄧㄠˋ做ㄗㄨㄛˋ點ㄉㄧㄢˇ不ㄅㄨˋ一ㄧˊ樣ㄧㄤˋ的ㄉㄜ˙事ㄕˋ。

有一天，他們經過一座叢林。

「那是什麼？」小艾問媽媽。
「不過是座叢林，」媽媽說，「那不是大象寶寶應該去的地方！」

「它看起來好神奇啊！」小艾心想，「而且，我已經不是小寶寶了！」

當媽媽和其他的大象走路、吃東西、喝水和聊天時，
（他們當然會聊天，剛才我忘了告訴你，他們經常談天說地。）
小艾悄悄走進叢林，小聲的對自己說：「這裡才好玩！」

叢林和他以前看過的景象完全不一樣——豐富的顏色，閃亮的光線，還有神祕的黑影。小艾覺得很驚奇。

原來這就是叢林，好有趣！可是，也有一點兒嚇人。

小艾走進叢林深處，越走越深，
走著走著，他停下了腳步。
「也許我該回去了？」小艾想。

咦，剛才是走哪條路進來的？
東瞧西瞧都不是，也沒人可以問，
小艾只好磨磨蹭蹭的穿過眼前的矮樹叢。

終於，他遇到了一隻嚼著竹子的大猩猩！
喔，太棒了！小艾想，他看來好像摸得清這裡的
每條路。

「請問，您可以幫幫我嗎？我迷路了，不知道怎
樣才能找到媽媽。」

「不可以。」大猩猩說，「你沒有看到我正在忙
嗎？走開！」

他把竹子塞回嘴裡，繼續大聲的嚼呀嚼。

喔，好吧！小艾走進眼前空曠的草原，
有隻獅子就趴在那兒。

「不好意思，」小艾問獅子，「請問您可以幫幫我
嗎？我迷路了，找不到媽媽。」

獅子張開一隻眼睛，斜斜的看著他。

等了好久好久，獅子才張開另一隻眼睛，對小艾說：
「不行，我為什麼要幫你？讓我清靜清靜。」

話才說完，獅子的眼睛就閉上了。

小艾繼續往前走，看到一隻河馬漂浮在河面上。

「請問您可以幫幫我嗎？」小艾說，「我迷路，找不到媽媽了！」

河馬甚至懶得正眼看小艾。
「不。」他打了個大呵欠，「我不想幫助別人。」
說完這句話，他就游走了。

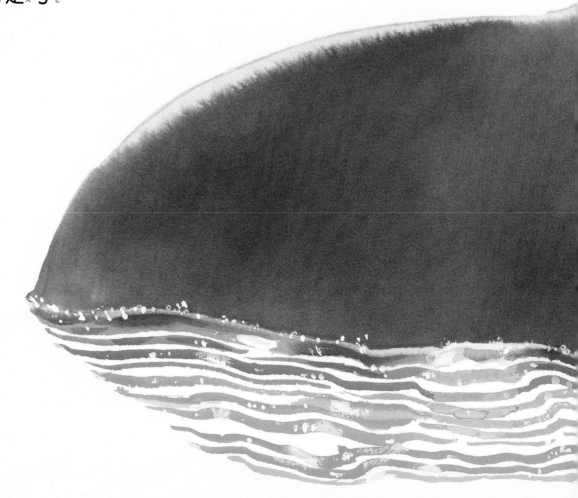

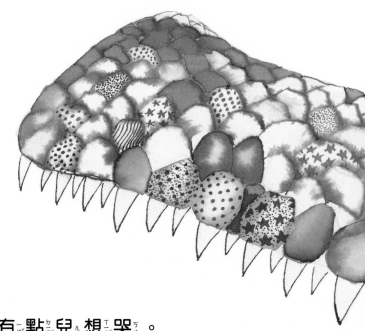

小ㄒㄧㄠˇ艾ㄞˋ開ㄎㄞ始ㄕˇ擔ㄉㄢ心ㄒㄧㄣ了ㄌㄜ，他ㄊㄚ覺ㄐㄩㄝˊ得ㄉㄜ˙喉ㄏㄡˊ頭ㄊㄡˊ一ㄧˋ緊ㄐㄧㄣˇ，有ㄧㄡˇ點ㄉㄧㄢˇ兒ㄦ想ㄒㄧㄤˇ哭ㄎㄨ。
剛ㄍㄤ好ㄏㄠˇ有ㄧㄡˇ隻ㄓ鱷ㄜˋ魚ㄩˊ，正ㄓㄥˋ從ㄘㄨㄥˊ岸ㄢˋ邊ㄅㄧㄢ要ㄧㄠˋ爬ㄆㄚˊ進ㄐㄧㄣˋ河ㄏㄜˊ裡ㄌㄧˇ。

「請ㄑㄧㄥˇ問ㄨㄣˋ，您ㄋㄧㄣˊ可ㄎㄜˇ以ㄧˇ幫ㄅㄤ幫ㄅㄤ我ㄨㄛˇ嗎ㄇㄚ？拜ㄅㄞˋ託ㄊㄨㄛ您ㄋㄧㄣˊ！我ㄨㄛˇ找ㄓㄠˇ不ㄅㄨˋ到ㄉㄠˋ媽ㄇㄚ媽ㄇㄚ，
而ㄦˊ且ㄑㄧㄝˇ沒ㄇㄟˊ人ㄖㄣˊ肯ㄎㄣˇ理ㄌㄧˇ我ㄨㄛˇ！」

鱷ㄜˋ魚ㄩˊ瞟ㄆㄧㄠˇ了ㄌㄜ˙小ㄒㄧㄠˇ艾ㄞˋ一ㄧˋ眼ㄧㄢˇ，微ㄨㄟˊ微ㄨㄟˊ搖ㄧㄠˊ頭ㄊㄡˊ就ㄐㄧㄡˋ潛ㄑㄧㄢˊ入ㄖㄨˋ水ㄕㄨㄟˇ中ㄓㄨㄥ，
再ㄗㄞˋ也ㄧㄝˇ看ㄎㄢˋ不ㄅㄨˋ見ㄐㄧㄢˋ了ㄌㄜ˙。

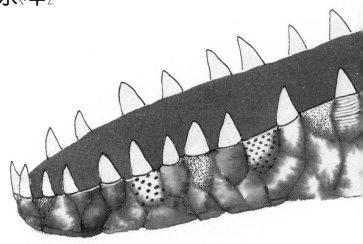

小艾哭了起來，沒有人願意幫他找媽媽。

就在這時，他聽到腳邊傳來窸窸窣窣的動靜。

「別哭，我能幫你忙嗎？」那個細細的小聲音問他。

「不行啊，你幫不了我，」小艾說，「我找不到媽媽，不知道要走哪條路才能離開這裡，我再也看不到我媽媽了！」

「但是我**能**幫你啊！」小老鼠說，「你把我舉起來，讓我指給你看該走哪條路。」

小艾不相信小老鼠能幫忙，但他是隻有禮貌的小象，所以他舉起小老鼠，讓小老鼠坐在自己的頭上。

迷路時有人陪，總比孤孤單單的好。

沒想到，小老鼠真的知道走哪條路可以離開叢林！

「小艾！」他聽到媽媽的聲音了！

「媽媽！」小艾大喊。

「我的小可愛！」媽媽喊小艾，「看到你，我好高興！我擔心死了。」

「我也是！」小艾說。

能夠再在一起，媽媽和小艾都覺得非常非常的快樂。

（悄_{ㄑㄧㄠ}悄_{ㄑㄧㄠ}快_{ㄎㄨㄞ}步_{ㄅㄨ}跑_{ㄆㄠ}回_{ㄏㄨㄟ}叢_{ㄘㄨㄥ}林_{ㄌㄧㄣ}的_{ㄉㄜ}小_{ㄒㄧㄠ}老_{ㄌㄠ}鼠_{ㄕㄨ}，
也_{ㄧㄝ}覺_{ㄐㄩㄝ}得_{ㄉㄜ}非_{ㄈㄟ}常_{ㄔㄤ}非_{ㄈㄟ}常_{ㄔㄤ}的_{ㄉㄜ}快_{ㄎㄨㄞ}樂_{ㄌㄜ}。）